薔薇學派的誕生

楊澤

瑪麗安，我的樹洞傳奇

——二〇一六年新版序

／楊澤

a.

想像，如果你不反對，一個來自南方小鎮的年輕人，剛過了懂得慕青春少艾的年齡不久，初抵外地的大都會求學，大街小巷，目光所及，一切對他都顯得如此新鮮立體，甚至突兀神奇。

想像，如果你不反對想像，上蒼給這年輕人天生一副多愁善感的性情，還有難得富磁性的低音嗓子。想像他初來乍到，五光十色的大城，加上以大城為背景的少艾之戀，固然令他欣喜萬分，遇事好鑽牛角尖的個性，一種無以名之，屬於一般志氣薄弱的年輕人才有的「心魔」，偏讓他吃盡苦頭，他在校園裡，在公車上，很快認了三四個乾妹妹，接連談了好幾場戀愛，到後來，竟因暗戀一個連手都沒碰過的學妹，丟掉了最先愛上，也最愛他的舊情人。

這不甘寂寞的年輕人，對愛情絕望，又自認沒愛活不了，活不下去的年輕人，同時對生命感到困惑不已，他處處模仿之前囫圇吞下，一知半解的西方存在主義讀物過日子，在內心凹洞為孤獨蓋迷宮，為憂悒起城堡，就差那麼一點便因他的天生好嗓子，被人強拉進教會聖詠隊唱詩歌，所幸他還有自知之明，在那之前，已先加入校內的現代詩歌社。

想像，如果你不反對想像，而且如果你多少知道青春，任何時代的青春，是怎麼回事，而青春時代的愛情又是怎麼回事，想像這年輕人平常愛跑到河邊玩，對著河水唱歌，半是兒戲，半是一個人落單了沒事幹，然而，就像古代詩家早說過的，「雛鳳清於老鳳聲」，幾回初試啼音，當河邊傍晚吹起涼風，天地為之變色，一時間，他竟深深愛上了自己的聲音——深深被自己嗓子所能模擬出各種情感光譜的憂愁及悲傷，被自己低沉厚重的嗓音，更準確的說，被那人聲本身給撼動了⋯

b.

李漁當初是這樣說的：絲不如竹，竹不如肉。

也就是，就各種能發出自己聲音的樂器而言，人聲不折不扣是最美好的一種。

可我得很快補上一句，人聲和絲竹之音層次有別，人聲並非任何樂器，它不止最美好，也最是獨特。

認真說來，人聲是何等素樸鮮活，複雜奇妙，而又不可思議的東西呀！人聲的背後有許許多多無意識，或人直接意識不到的美妙東西，因為它就來自人身這神奇的生命樹，知識樹，愛情樹本身。

人聲和絲竹之音層次有別，磁場有別，頻率有別，因為你我體內有太多奇妙的腺體，奇妙的「性靈的滋液」，掌握著人聲最富神韻的部分。人聲來自生命的源頭，而那正是吾人性靈，或「情之所鍾」的各種竅穴，孔洞之所在。

從伊甸園以降，戀愛中人於萬千場景的呢喃低語，既像是重演在愛情樹上偷偷刻下戀人名字的儀式，更宛如頻頻對著樹洞呼喚吶喊。古往今來，對「鍾情正在我輩」的詩人歌人而言，戀愛中人的忽忽若狂，戀愛中人的歌哭無端，乃是無上啟示，性靈的秘密與奧義，人聲的秘密與奧義，盡在於斯矣。

也因此，我們可以充分想像與理解，當傍晚涼風吹起，那外地來的，一臉迷茫的小伙子，那情場失意，只好對著河水唱歌的年輕人，反而得以誤入自己歌聲的樹洞，在一遍遍的自我聆聽底下，進一步偷覷到靈魂與肉體的雙重命題，以及自己未來的人生任務。退一萬步而言，即使人心再孤寂，世界再一無所戀，那個在向晚河邊徬徨的年輕人，他無意間發現的，可是一筆何等獨特的生命財富，何其大的性靈寶藏啊！

C.

詩集《薔薇學派的誕生》（一九七七）及《彷彿在君父的城邦》（一九七八；一九八〇）是我最早發表的兩本舊作，初面世在上世紀七十年代末，今天回首已整整四十年。

兩本詩集斷版多年，而我也早過中年多時，黃仲則名句「結束鉛華歸少作，摒除絲竹入中年」，因此對我不適用。反而是，龔定庵同樣有這麼兩句：「少年哀樂過於人，歌泣無端字字真」，常會不自覺想起。有一點要說明，在我理解中，上句寫「少年哀樂過人」，恐怕並非龔定庵，或哪位詩人獨有的經驗，而下句說的「歌泣無端」，更是每個多情善感的年輕人皆如此的。

這些舊作約略皆在二十到二十五歲之間，也就是從大二大三到其後唸外文所，在台大文學院當一名小助教，執編《中外文學》階段，到八〇年匆匆出國前，快筆揮就而成。當年我幾乎無日不詩，隨身帶著小筆記本，隨時隨地在其上塗塗抹抹，在校園裡，在公車上，甚至在大馬路邊，都會有靈感生起。出國打開了視野與創作的眼界，最早的那份詩的情懷證明越不了大洋，二十五歲，我後來才懂，乃是少年詩人最敏感，刻意，把自我的氣球一味撐到最大，復從中瞬間爆裂的分水嶺。

去年初夏，我出了詩集《新詩十九首》，算是對回國後這麼些年來的人生感慨做了點總結。從《薔薇學派的誕生》到《新詩十九首》，一個人的大半輩子就這般過去了！回頭想到重印舊作，固然是重演一齣「青春悲喜劇」，但也堪稱喜事一樁，顯示個人有幸在時間的恩寵下，義無返顧，正堅定朝向某種人生的下半場，甚至是延長賽的那番深一層領悟邁進。

夢中我仍見得到，那條流過校門外的河，還有，就我一人知道的，隱現在河面，在天空上的樹洞，那座歌聲的樹洞。樹洞中有我當年遊蕩其間，整座大城的倒影，就只是倒影罷，因為樹洞中的一切其實都是我夢中的發明。

d.

在某一層次上，我並未真正活在一九七〇年代，那座叫台北的大城（台北日常）；也因這樣，遂得以詩歌見證另一座看不見的城市（台北非常），寫出「在台北」這樣的散文詩。那是白色恐怖時代，一個讀了太多魯迅，太多芥川陳映真的苦悶文青，他常常在白晝亮晃晃的馬路上找女神，同時又將自己放逐荒野，天天擺張慘綠兮兮的臉，在內心喃喃，只有自己聽得到的獨白：所謂「知我者謂我心憂，不知我者謂我何求」！

一九七七年中，我曾拿到一張盜版黑膠當禮物，那是當年英國最酷的中古搖滾樂團 Jethro Tull 的新專輯，來自那位我始終手都沒碰過的女孩。但在那之前，我已對中古世紀，歐洲騎士文學十四行詩著迷，為了回報女孩的餽贈，我寫了「暴力與音樂的賦格」一詩。現在回頭看來，那是一首從《薔薇學派的誕生》到《彷彿在君父的城邦》的跨越之作，宣告我已從稍早偏甜的綠騎士風走向苦澀萬分的藍騎士時代。

年輕詩人的 hubris（或所謂「悲劇缺陷」），常就在他過度旺盛，強大的心魔，可說成也它，敗也是它。一開始，當我在樹洞中學會歌唱，愛的失落及獲得一直是最重要的命題，「瑪麗安」這帶有濃濃異國風的名字，既是性靈的代號，也是一種類似綠度母般的母親幻想，聲音幻想。

瑪麗安是假，也是真，是內，也是外，既是歌聲的樹洞，也是詩的傳奇本身，大至集體的國族命運，小至個體的悲歡離合，我都可以時時在詩中向瑪麗安持咒祝禱。但當青春的夢想變得愈來愈激進，孤獨，且充滿了焦慮——從藍騎士往國族的鐵甲武士不斷傾斜——瑪麗安再也救不了我。若干年後，我也不得不因此，告別瑪麗安，我那永不再的樹洞傳奇。

青春，哦青春！像那滿天蟬鳴，我一度聽見它的歌唱，至今也仍迴響在心底。

我們祇擁有一個地球

——楊澤著《薔薇學派的誕生》序

／楊牧

楊澤將出他的第一本詩集。他把幾年來的作品集中在一起，謄錄成卷，分為若干輯——這些工作應當是充滿喜悅的，也可能有點緊張。楊澤將出他第一本書的時候，有一筆娟秀的書法為他謄錄他這些年寫的詩，謄在24×25金山牌綠格子的稿紙上，字跡大略是柳公權一路的，和楊澤自己的魏碑鐫刻頗不相同；又有洪致和羅智成為他出意見，羅智成更為他作畫，這一切都是為了友誼。楊澤把全稿寄給我看，要求我為詩集想一個名字。我建議就叫「漁父」吧，那是他有詩以來最大規模的執行；他說不叫「漁父」了，決定用「薔薇學派的誕生」做書名。

到現在為止，《薔薇學派的誕生》確實更能夠代表楊澤詩的風貌。在〈漁父．一九七七〉那首詩裡，楊澤勾劃的是一個現代詩人，知識份子，對於中國詩源頭上一位巨人的崇仰，那巨人是懷沙的屈原；那是楊澤對古典傳統的肯定，他相信今天的文學是昨天的文學之延續和生長。在〈薔薇學派的誕生〉裡，楊澤進一步挑戰著非詩的心理，他在辯論，反詰：

為了向人們肯定一朵薔薇幻影的存在
我們必要援引古代、援引象徵
甚至辯論一朵薔薇的存在？

這種筆法屬於西方所謂「修辭之問難」（rhetorical question），不要求答案。薔薇是存在的，但天下滔滔自有人說它並不存在；它之所以不存在，有人說，因為它不重要，與現實生活的關係太淺太淡——在這種情形之下，現實民生之價值判斷竟能抹殺自然界的真理（更不必說藝術的真理了），使存在的變成為不存在。但楊澤之所見乃是：不但薔薇存在，薔薇的幻影也是存在的。當然，要證明薔薇幻影的存在，比證明薔薇本身的存在還更困難，因為其中包括論證的敷衍和援引，必須援引古代，援引象徵。詩的構成有其傳承的系統，今日的論斷尚且必須援引昨日的判例；薔薇的幻影猶若芣苢的幻影，古人薄言采之，有用無用，端在一念之間；東方的論斷尚且必須援引西方的判例，而在中世紀西方文學中，（例如 *Le Roman de la Rose*）薔薇的化身從不失其象徵意義。

楊澤以「薔薇學派的誕生」為第一本詩集的名字，表示他在一方面肯定了中國的古典傳統，在另一方面也肯定了西方的古典傳統；這肯定必須從羣籍的博覽體會開始。詩人本來可以是詠懷擬古的人，大雅久不作，吾衰竟誰陳？但詩人更是宣示新時代新體驗的人，希聖如有立，絕筆於獲麟。所謂學派，其實就是知識和藝術的信仰，有用無用，必須援引古典所建造起來的象徵系統；文學若是有用，先因為它對一己的創作者有用，一旦它在技巧意境上成功了，文學擴大而不但對一己的創作者有用，對千萬人也是有用了。楊澤宣告一個「學派」的誕生，正是對自己的知識和藝術的期許，他肯定一個世界，這世界他剛剛開始去規劃，去認同。這祇是一個開端，《薔薇學派的誕生》是楊澤的第一本詩集。

楊澤詩裡處處看得見他世界的規劃。這個世界還沒有確定的名字；它沒有名字，但它真實。它有時叫著「空中花園」，是詩的代名詞，而詩是唯一的宗教。它有時是「畢加島」，一個供詩人觀察思維的「旅行的終站」，苦難年代的測候臺；楊澤在想如何用詩「將無意義的苦難化為有意義的犧牲」。它有時祇是一個更難斷定的「遙遠的城市」，讓詩人和他「大量製作鹹濕電影」的朋友討論愛與死——愛如何征服死——的問題。楊澤借用他的朋友的語氣說：「沒有甚麼，是的沒有甚麼比死亡更暴露更 obscene 了，我的影片假如你了解的話，是用來對抗死亡——是以肉體來反判它的⋯」有時那世界急速退到時間的背後，而且進入難以描摹的異鄉；詩人夢見四十年後的自己，在〈秋之電話亭〉裡試著撥話給今日的師友，母親，妻，帶著良知和悔恨。而有時那世界是歌德的家，他在寫詩，想著「愛⋯光榮⋯幸福」的問題。

詩與愛是楊澤作品中重要的主題。詩是唯一的宗教，愛也有近乎宗教的力量，而且是超乎宗教的永恆博大。詩可以征服死亡，愛也可以征服死亡。當然，楊澤的所謂愛，觸及的還包括了愛國的情操。〈在畢加島〉裡那激烈的愛國者說：「為了祖國與和平⋯」舉杯飲酒。還有孝悌的愛，例如「家族篇」三首。可是楊澤詩裡還記敘了許多柔美的男女愛情，以詩的世界之完成為背景——或者可以說楊澤許多詩都預言著愛的世界之完成，而那是詩的背景，雖然我們看不出那愛的世界是否可以在詩中完成，我們卻可以體會到某些喜悅和悵惘，面對愛情時最真確的情緒往往便是喜悅和悵惘。愛國和愛一個叫瑪麗安的女子的心思有時是交戰的。對於瑪麗安的依戀，有時使他囁嚅不敢舉杯響應那人的「為了祖國與和平」。他說：「瑪麗安，我仍然依戀，依戀月亮以及你美麗的，無政府主義者的肉體。」這是ethos和pathos的交戰，產生喜悅和悵惘。

仔細分析楊澤的愛，我發覺到現在為止，pathos凌乎ethos之上——這在一個二十歲出頭的詩人說來，確實如此，而我更發現，古今中外的詩人，能在二十歲出頭就時時思考ethos問題的本來也就不多，楊澤於此一端已經顯出超越的能力和抱負。楊澤寫了不少優秀的情詩。一個生長在偉大的抒情傳統裡的詩人，若是青年時代下筆不寫些優秀的情詩，終究十分可怪。愛使這世界獲得溫暖，產生意義，否則這世界就是冰寒死滅的星球。詩人憑著窗子遙指一顆星對她說道：

而那裡，吾愛
那裡便是沒有愛的，死去已久的地球。

他急急趕回原地去尋覓，唱著要求自己是瑪麗安的一把梳子，接近她（這個意像近乎陶淵明「閑情賦」之首創）。「一九七六記事」四首也都和那名叫瑪麗安的女子有關。詩人通過感情的傾談肯定著世界的溫暖；每當心緒沮喪的時候，這世界真像熄滅的星球一般，飄流到光年以外的宇宙去。不能確定的愛，有時會產生悲苦，但詩人可以堅持。第三首和第四首「一九七六記事」最為完整。在第三首裡，詩人凝於恐懼；在第四首裡，那恐懼可以驅逐。生命是虛妄的（la vie est futile），他們依靠著，像七等生小說裡的人物，要在靜默的期許中尋找生命的意義：

「在文明初啟的第二天，」瑪麗安，我曾這樣寫著
「因為光與黑暗的傾軋，我迅速的
坐下來發愁……」
瑪麗安，你知道嗎？我已不想站在對的一邊

我祇想站在愛的一邊……

對和不對已經失去了準則，因為生命是一場虛空——la vie est futile——在混亂的殺伐裡，是非喪失了意義。詩人意無去決定那一邊是對的，然而愛是對的，是準則，是嚮導；站在愛的一邊，其實便是站在對的一邊。站在愛的一邊的人不會是孤立的，他們「擁有彼此」。

在楊澤的情詩裡，有一份純潔的愛，那愛有時為兩個孩童引路，愛是青鳥，帶他們通過恐懼，慢慢長大。愛幾乎是半抽象的。然而甚至當楊澤歌唱肉體的時候，那份愛還是半抽象地活在純潔無邪的觀念裡。例如在傑出的情詩〈給格弟非〉裡，他對親愛的格弟非說：

……我花了長長的一個冬天無所事事
與瑪麗安在一起讀書以及作愛。

作愛竟和讀書一樣，使他進步，長大成人。而在楊澤清潔純粹的文字裡，一切都那麼自然，毫無靦腆的聲色——「這一切你知道全為了你」。以他對愛的信仰為基礎，這種完整的追求見於〈今天早晨在花間〉詩中他給自己心緒的詮釋，也見於〈在床鏡〉詩中對她的思想的詮釋。而事實上，更尖銳重要的主題復見於〈致 c.l.〉和〈給瑪麗安〉兩首詩。他所愛的女子被他描寫為一個懷孕的善良的女子，一個年輕陌生而美麗的母親，她將擁有她的孩子所擁有的一切。在愛情的循環裡，生命又回到它壯嚴的源頭。

楊澤詩裡最重要的主題之一，其實，即是源頭的追尋。愛是源頭，詩是源頭，還有許多別的形象也是源頭。〈荒煙〉裡有一聲籲請，一唱三歎的要求「讓我們離開課室去追尋」，追尋問題的發凡，成形，與消滅。這問題可以是時間的奧義，生命的歸宿，宇宙的形狀，也可以落實為愛——離開課室去追尋吧，正如花一個冬天無所事事，與瑪麗安在一起讀書以及作愛。楊澤又借助亞當的角色抒寫生命起源的神話；〈亞當之歌〉顯然是葉慈詩的變奏，在語意背景上產生變化，描寫一個神話中註定必須淪落的男性的心理。他對蛇和女人的解釋最饒趣味，不落窠臼：

——至於那條蛇

那條蠢蠢的蛇
正蠢蠢的吞食著土
喏，至於伊
伊溫柔的就在
我溫柔的左下肋骨中
至於我，呵呵
我當然沒有罪

這是楊澤給予舊約神話的詮釋，在戲謔中仍然不失其哲學性質。一般說來，中國人面對神學問題的時候，的確可以比西方人瀟灑，見於詩則常常是介乎莊嚴和滑稽之間的觀察，沒有那種患得患失的心理和語氣。然而楊澤面對中國傳統的時候，卻顯得無比的嚴肅，此正可以〈漁父・一九七七〉為例。此詩所闡釋的也是源頭的意義，河流為其貫通的主題，重複出現以導引思想的 leitmotif ；「水的功能世代是愛的功能」，河流通過詩人的胸膛，一脈相傳：

孩子在河裡戲水，感覺著
你懷裡的冰冷和溫暖

詩的永恆必須肯定。但這時代也許是一個漠然的時代，今天的詩人面對的是大地的縮影，他從武昌街步下漢口街，復在長沙衡陽一帶尋覓，想去尋找屈原的世界，可是那祇是臺北市城中區，不是瀟湘楚國，詩人去我們太遠，遠到可以忘記的地步，可是我們又如此堅持，不願把屈原忘記。他往鄉間尋去，看到養蚵人家，公路站牌，甚至還有高爾夫果嶺，而「撈沙石的機器轟轟作響」。夢與現實，古代和現代，都在〈漁父・一九七七〉中交疊。這是楊澤最成功的詩之一。

〈漁父・一九七七〉可以證明源頭的追尋和現實的觀察實則密切相關，ethos 和 pathos 也有融合相互為用的可能，因為那是一物的兩面。而且這詩裡不乏現實社會的批判，映向古代世界的背景。楊澤的社會批判不是直接的告發，而是援引古代援引象徵的襯托。〈在畢加島〉裡有抗議的聲音，但不是喧囂吶喊；〈斷片〉裡有批評的語氣，但終於轉化為生死與共的哀求；〈印象一題〉和〈意外二則〉裡有精細的觀察，一張張白描的社會圖象，我們生活在其中，冷靜，但不是逃避，因為本來便已無所逃避。楊澤在〈手記〉裡說：「我有一顆善良的心」。他的心所觸及的尚且有樹，樹猶如此，如〈戰後所見〉：

立在
風中的
一顆斷臂的樹
掛了很多無言
受傷的
眼

樹猶如此，人何以堪？楊澤的〈眷村〉便能於明快流暢的文字語氣中宣洩他對於苦難時代中形形色色人物的同情。讀〈眷村〉，更相信楊澤說的：「我有一顆善良的心」。有人說讀陳映真的小說令人發覺他有著一個「菩薩心腸」，讀楊澤的詩，也使我發覺那菩薩心腸。他們從來不使用曲折駭人的故事來爭取你，祇是沉靜地敘述，溫良地解釋，要你和他們一起進入他們詩和小說的世界去體驗，而每一次當你入而復出的時候，都難免感到人世的苦難使你久久不能平息，那些人物和事件使你無法忘記。在〈煙〉裡，楊澤這樣懇求：

我是縮影八〇〇億倍的一個
小寫的瘦瘦的 i
請讀我——請努力讀我
我是生命，我是愛，我是不滅的
靈魂，焚屍爐中熊熊升起的一片
一片獨語的煙

這小寫的瘦瘦的「我」是我也是你，寂寞的，卑微的，彷彿不重要的個人，你的鄰居，同學，袍澤，單獨的存在，在眷村，在敦化南路，在漁港，在山坳，在北投，在礦區，在中山北路，在田裡，每個人都有他自己的故事，不可抹殺的辛酸和快樂，不滅的靈魂——「請努力讀我」！

楊澤將出他的第一本詩集，《薔薇學派的誕生》，他要求你「努力讀我」，一個小寫的瘦瘦的i，一個人，一個存在；這種對於所有的自我都加以肯定的勇氣，已經不祇是知識的勇氣，而是與生俱來的詩心，宣揚著愛的哲學，去設身處地為別人想，因為那人可能正是你的孿生兄弟，如〈給h.t.〉裡所說，分擔著你的苦難。詩心本來應該是博大的心，敦厚的心；攻訐和嘰刺不能建設這個難得還有些溫暖的地球，卻可能毀滅它，而楊澤發現「我們祇擁有一個地球」。

一九七七・九・廿二・西雅圖

目次

三 瑪麗安，我的樹洞傳奇——二〇一六年新版序／楊澤
十一 我們祇擁有一個地球——楊澤著《薔薇學派的誕生》序／楊牧

A. 空中花園

四一 空中花園
四二 在畢加島
四六 斷片
四八 荒煙
五二 致 w.k.l.

五四 印象一題
五六 意外二則
六一 一九七六夜想
六四 手記
六六 草原記事
七二 一九七六斷想
七四 拜月

B. **花蟲鳥獸**

八二 薔薇學派的誕生
八六 水荷
八八 鴿子
九〇 送信者
九二 事件

九四 蟑螂的速度
九八 今天早晨在花間
一〇〇 荷花是水神的禁臠
一〇三 車行僻野山區
一〇四 戰後所見

C. 儀式之餘

一一〇 閣樓上的情歌
一一四 煙
一一八 獨臂人之歌
一二〇 秋之電話亭
一二三 九月
一二四 亞當之歌
一二六 儀式

一三〇 水月
一三二 眷村

D. 瑪麗安・瑪麗安

一三八 家族篇第一
一四〇 家族篇第二
一四二 家族篇第三
一四四 浪子回家篇
一四七 光年之外
一四八 致 c.l.
一五〇 給 h.t.
一五二 在床鏡
一五五 一九七六年的腳註
一五六 給瑪麗安

一六一　一九七六記事之一
一六四　一九七六記事之二
一六八　一九七六記事之三
一七二　一九七六記事之四
一七六　青鳥
一八〇　薔薇騎士的插圖
一八四　給格弟非

七. 漁父・一九七七

一九四　漁父・一九七七

左翻　序　木馬・唱盤・瑪麗安／楊佳嫻

A.

空中花園

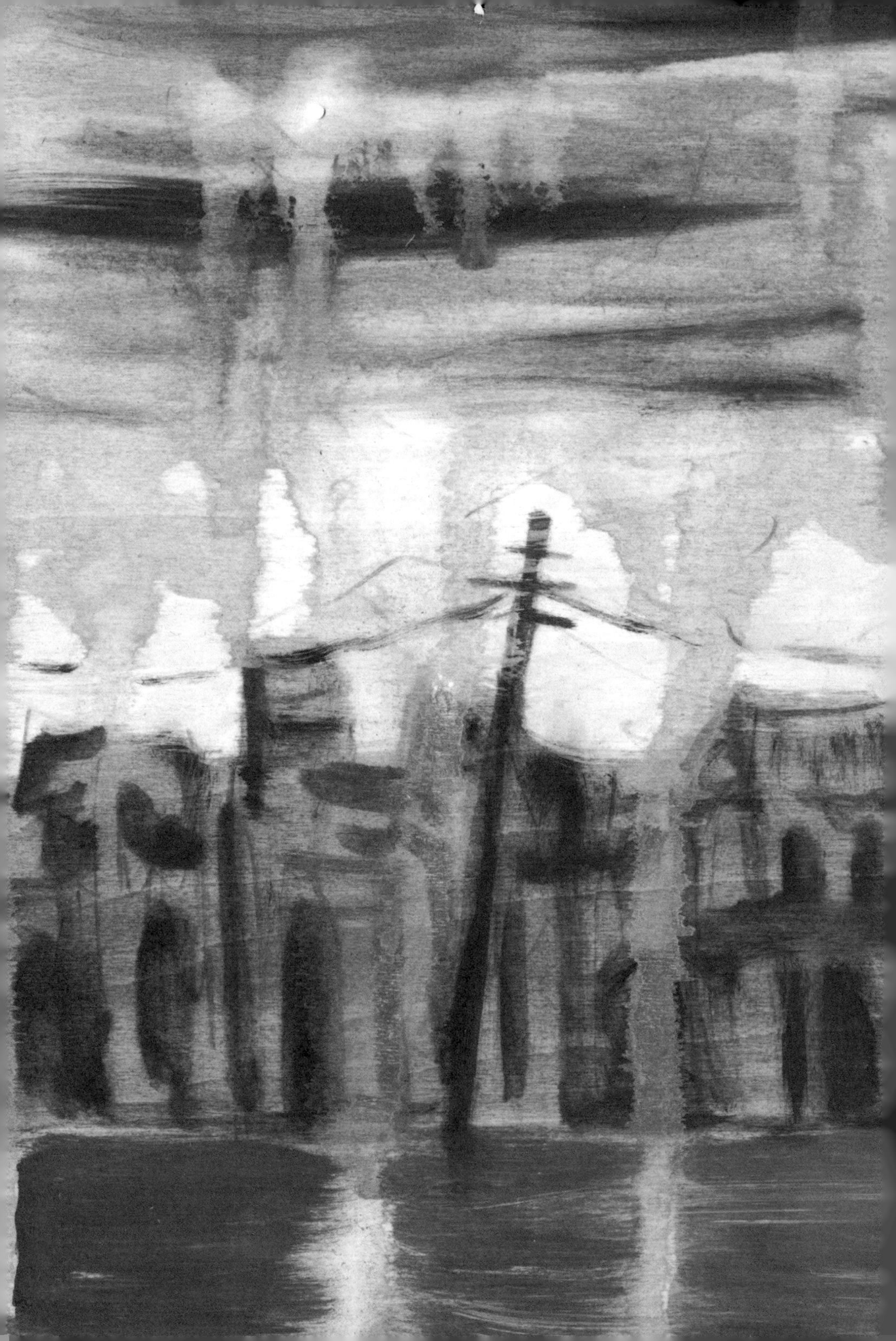

空中花園

1. 我在 1977 年的春天在地下鐵的小站看到空中花園的花季海報時大多數人已然去過而且回來了。

2. 以後我迅速的發覺在我居住的城市委實祇有兩種人：一種是去過空中花園的，一種沒有去過；而沒有去過的人委實是並不存在的。

3. 我迅速的發覺：空中花園是我們可能去過的最遠的地方；空中花園是我們生存的邊界，是同歲月，季節，黃昏，夜晚一樣獨立堅固的事物；而這也就是為什麼我們在空中花園遍植無神論的花樹的原因。

4. 我迅速的發覺：空中花園已成為我們的詩，我們唯一的宗教。

在畢加島

在畢加島，瑪麗安，我看見他們
用新建的機場、市政大廈掩去
殖民地暴政的記憶。我看見他們
用鴿子與藍縷者裝飾
昔日血戰的方場吸引外國來的觀光客……

在畢加島，瑪麗安，我在酒店的陽臺邂逅了
安塞斯卡來的一位政治流亡者，溫和的種族主義
激烈的愛國者。「為了
祖國與和平，……」他向我舉杯
「為了愛，……」我囁嚅的
回答，感覺自己有如一位昏庸懦弱的越戰逃兵
（瑪麗安，我仍然依戀
依戀月亮以及你美麗的，無政府主義者的肉體……）

在畢加島，我感傷的旅行的終站，瑪麗安
我坐下來思想人類歷史的鬼雨：
半夜推窗發現的苦難年代
我坐下來思想，在我們之前，之後

即將到來的苦難年代，千萬人頭
遽爾落地，一個豐收的意象⋯
瑪麗安，在旋轉旋轉的童年木馬
在旋轉旋轉的唱槽上，我的詩
我的詩如何將無意義的苦難化為有意義的犧牲？
我的詩是否祇能預言苦難的陰影
並且說，愛⋯

斷片

在那個遙遠的城市，我猶記得，某次當我鼓起勇氣，公開表示我對一位朋友大量製作鹼濕電影的不滿，我的朋友忽然貼過臉來，高聲的對我說他的電影並不比「死亡」低級或者暴露：

「——沒有什麼，是的沒有什麼比死亡更暴露更obscene了。我的影片」他竭力對我呼喊，眼神裡閃動著，我不了解的一種奇異的熱情「我的影片假如你了解的話，是用來對抗死亡——是以肉體來反叛它的……」

我的朋友，他的意思或許大部份是指血腥動作片而言。衡之當時，我聯想到的卻是，圍繞在生活周圍的諸多車禍的現場，兇殺的現場，裸屍的現場……

啊，請不要圍觀他人的死吧！冷漠的羣眾請莫要議論紛紛，因為我們同是一樹枯枝上的顫危危的敗葉。

荒煙

讓我們離開課室去追索
一個問題的發凡
像河流的起源，唯一而深奧
水色蒼蒼，流經洪荒的部落
流經無人的部落
讓我們搭帳升火

今晚就露宿在逝去的年代中間

讓我們離開冬日的課室去追索
一個問題的發凡與成形
像浮游上升的荒煙
像漂流而下的棄物
水聲潺潺，流不走兩岸
與遠山
讓我們靜坐此岸
遠離自己卻深思自己
讓我們離開冬日煦陽的課室去追索
一個問題的發凡與消滅

像河流的歸處，深奧而唯一
讓我們，沉思瞑目
水色蒼蒼，水聲潺潺
再歌頌一萬年

致 w.k.l.

或者由於是雨雪方停的異國清晨
所以街的底角一個人拐出來
低頭錯身，我注意到了你匆促的眼神緊鎖著雙濃眉
微傴的身子彷彿懷抱著一疊心事

或者由於是雨雪方停的異國清晨

所以我們錯身而過兩名不相識的支那人
在街的底角並不覺得對方應當會寫詩
寫詩也不見得重要，能使什麼不朽
使什麼永恆，像大理石，像落雪紛紛⋯

或者由於是雨雪方停的異國清晨
所以我並不知道死亡就埋伏在下一條街的暗角
將你撲殺成午夜最寒的那一陣風
所以我並不知道你的名字
即使那極可能是我的⋯

印象一題

冬天黃昏，一個人搭了往市郊的
巴士某路拐下一處小斜坡：
晾衣杆飄曬白床單，騎樓下籐椅默默坐著無人的
感覺，一條不知名的長街的
什麼也沒有的感覺

冬天黃昏，學童三五放學回家的
途上一車身剝舊的藍色巴士正從上一站駛來
戴黃帽子背白書包的學童追逐著回到附近的
住宅區，從層層公寓的窗戶望出去
天已全黑了下來

意外二則

意外之一

今天早晨
進入無人的升降間　一個人
就猛然進入整座公寓大廈的
心

沉思的笑了笑　掏煙點上
便摁下　往R層的電鈕

意外 之二

是我靜靜的　躺著
在 downtown 某處街心
先是猛然　事件與血的聲音

然後是紛紛　圍觀過來的聲音
然後是匆匆走過的
車輪與腳步的聲音

最後是　數十公里外
夜森林的聲音
山徑的聲音
月升的聲音

廣 告 回 信
板橋郵局登記證
板橋廣字第83號
免 貼 郵 票

舒讀網「碼」上看

235-53
新北市中和區建一路249號8樓
印刻文學生活雜誌出版有限公司　收
讀者服務部

姓名：＿＿＿＿＿＿ 性別：□男 □女

郵遞區號：＿＿＿＿＿＿

地址：＿＿＿＿＿＿

電話：（日）＿＿＿＿＿＿（夜）＿＿＿＿＿＿

傳真：＿＿＿＿＿＿

e-mail：＿＿＿＿＿＿

INK

INK PUBLISHING

讀者服務卡

您買的書是：＿＿＿＿＿＿＿＿＿＿＿＿＿＿＿＿＿＿

生日：　　年　　月　　日

學歷：□國中　□高中　□大專　□研究所（含以上）

職業：□學生　□軍警公教　□服務業

□工　□商　□大衆傳播

□SOHO族　□學生　□其他＿＿＿＿＿＿＿＿

購書方式：□門市＿＿＿書店　□網路書店　□親友贈送　□其他＿＿＿

購書原因：□題材吸引　□價格實在　□力挺作者　□設計新穎

□就愛印刻　□其他＿＿＿＿＿＿＿＿（可複選）

購買日期：＿＿＿＿年＿＿＿＿月＿＿＿＿日

你從哪裡得知本書：□書店　□報紙　□雜誌　□網路　□親友介紹

□DM傳單　□廣播　□電視　□其他

你對本書的評價：（請填代號　1.非常滿意　2.滿意　3.普通　4.不滿意）

書名＿＿＿　內容＿＿＿　封面設計＿＿＿　版面設計＿＿＿

讀完本書後您覺得：

1.□非常喜歡　2.□喜歡　3.□普通　4.□不喜歡　5.□非常不喜歡

您對於本書建議：

感謝您的惠顧，為了提供更好的服務，請填妥各欄資料，將讀者服務卡直接寄回或傳真本社，我們將隨時提供最新的出版、活動等相關訊息。

讀者服務專線：（02）2228-1626　讀者傳真專線：（02）2228-1598

一九七六夜想

這樣困苦卑微的
跟方病癒的自己
跟夜斷續爭吵：
坐在黑暗的廣場石階上
惟有一顆淒白的星

惟有一顆淒白的星
在城市的上空
在遠方的海面
這樣的愁苦與傷感
為什麼沒有
溫馴的灰鴿
來我手上啄食
在我瘦削的肩上、臉上
默默停駐，與
飛翔
為什麼沒有
一種
終極的

愛的結論
在夜的詭譎身影後⋯

這樣困苦卑微的
堅持著一種人性的姿勢
為什麼我不
因此含淚微笑成
體內憂愁凝結的
一座石像
在淒白的
一顆星光裡⋯

手記

之一

「我的心正病著。」
在無人的黃昏房間如此自語，陷入
沙發裡的一種時日曠持的姿勢，靜靜的望著眼前：
一顆剖下的心浸沉在桌上的廣腹酒瓶內

四分之一流著逐漸稀薄的光
四分之三聚著黑影

之二

對鳥獸萬物沒有一絲惡意
我有一顆善良的心
對街道人羣沒有一絲惡意
我有一顆善良的心

昨夜夢見被黑鷹追殺
在滿佈敵意的街道上狂奔
我開槍打死了一個人
啊，無意打死了一個人

草原記事

a.

像月一樣——
一片廣大的草原自我身後
升起，當我看見了，瑪麗安
你眼中的惶恐，急急握住

我的手，攀住我，像
墜崖的一片，落葉
飄零
而去⋯

b.

離開日暮的城市，默默的
沿著落日行走，瑪麗安
月升時分我們就進入了一片

一片愛與死的草原

由於那是一片，愛與死
工作與休息的草原
我們彷彿看見，嬉戲成羣的小學童
穿梭追逐著一隻隻彩蝶的繽紛光影
我們彷彿看見，年老的市民
圍坐暗角，莊重的討論葬禮的細節
我們彷彿看見——瑪麗安
星月放牧的一匹種馬，年輕好看
攻陷了，最後的花園城堡⋯⋯
由於那是一片純粹的草原

我們彷彿看見，月光坐在鄰人的屋頂
仙人掌的影子有起而歌的慾望
我們彷彿看見，整座困頓的城市
跌坐在臨岸運河的霓虹倒影
夜黑的叢林裡，建築物的背影
斷續掃射一股股的車燈

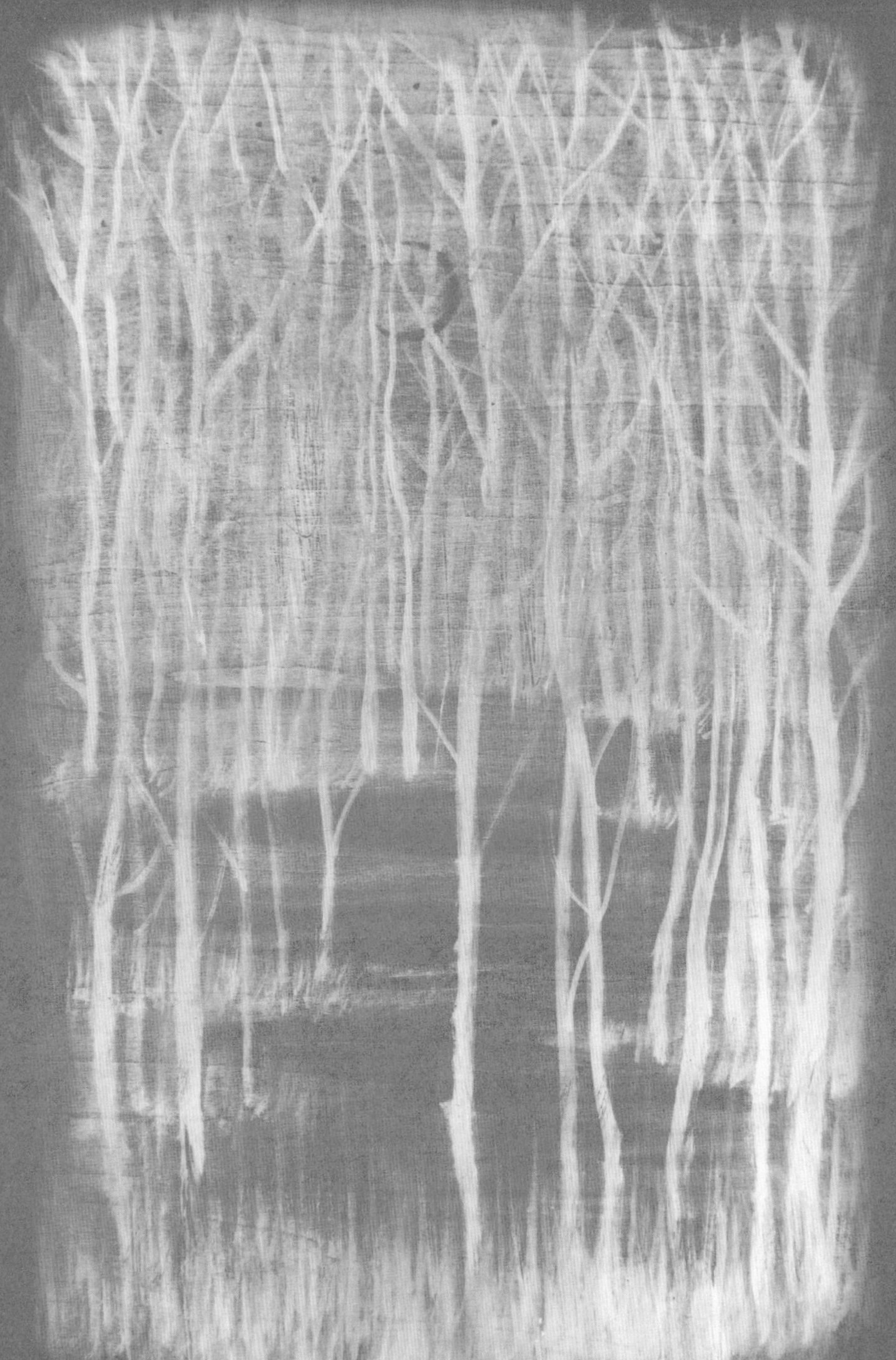

一九七六斷想

世俗的愛
是太過通常的目的
美豔的女子秉燭走過我們夢中
卻是一樁美麗的陰謀：
啊，太太複雜的一種動機

太太複雜的動機埋伏在心的暗處
可能就引發了春天，第一株
薔薇開放，泉水競奔
可能就導致了我們的
第一首詩。

可能

啊可能也就導致了花瓶濺裂，書畫毀焚
浪子散髮焚琴，無意義的
戰死異鄉

幻滅——幻滅是跟死亡
跟春天同樣流行的一種頹廢
（我們陷落在一椿美麗的陰謀裡）
殉美，殉美則是
幻滅的孿生兄弟
來自同一個美麗的母親

拜月

我是拜月的
我是拜月的
當黃昏下降，街道充滿了
一種詭譎——不，玄異的氣氛
我是拜月的
雖然我沒有一個戀人，不曾愛過

我對月的渴慕，我對生命，啊，卻有些激烈的
不負責任的華而不實的想法
——我對死亡的恐懼與瞑想，彷彿
彷彿我曾擁有一個死去的戀人——一個
死去的愛太過完美以致真實
彷彿，啊，我是一個歷經變遷，歷經死
美文華服，耽樂頹廢的末世詩人

我是拜月的
我是拜月的
當黑夜下降，街道充滿了
一種太逼真以致虛假的人間世氣氛
在漠漠人羣中，啊

這適於掩藏我月一樣詭譎的身分
——死亡、愛情、恐懼
動亂、遠方、苦難
月照著這一切，月解釋了這一切
而我們的年代，我們的愛情——我敢說
我們的年代純屬虛構
我們的愛情，無上，啊，無上的虛構

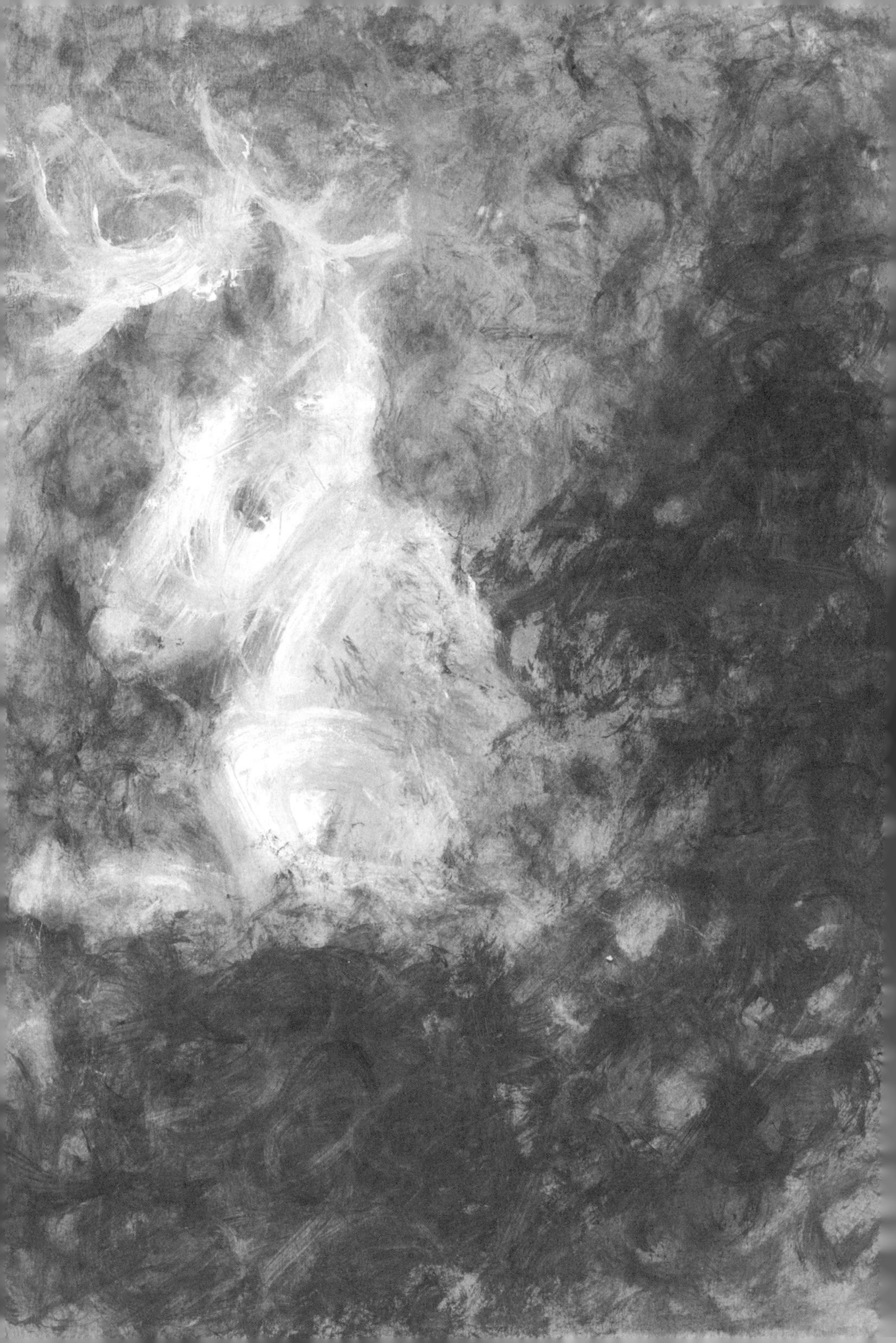

B.

花蟲鳥獸

薔薇學派的誕生

黃昏的一半。
陰鬱的注視在空氣中燃著
彷彿有人（彷彿沒有）
走進來，說「昨日⋯」
溫柔的聲音迅速凋落。而
手上的薔薇，飄散

一地。

黃昏的一半。
一朵朵薔薇的幻影在空氣中漂著
「為了向人們肯定一朵薔薇幻影的存在，
我們必要援引古代、援引象徵
甚至辯論一朵薔薇的存在？」

黃昏無限延長。
一朵朵薔薇的幻影在空氣中燃著
很多人走進來，說：「薔薇
開了，薔薇……」

黃昏無限延長。
一朵朵薔薇的幻影在空氣中亮著
「昨日以及今日
以及今日的幻影，以及
明日的幻影必然是
屬於薔薇學派的。」

水荷

十一點五〇（無人看見的一剎）
一水池的夏晨風荷開始偷偷的垂下了她們
展示許久的美麗手勢，且漸漸
漸漸抱緊自己一身止不住的興奮和睏意
抱緊自己一顆小小的脆弱的心睡去

在夢中
她們夢見自己的倒影
被種植在更廣大完美的一座水池裡
她們夢見，有一夢樣
溫柔的女子
飄然走來，專注
深情的眼神裡
他們發現了
自己及自己的來源

鴿子

挺純白胸腹在教堂屋頂上散步的
鴿子啊
請像鐘聲一樣的走下來，三兩隻
在我流動的肩上飛駐
像秋後的陽光輕輕……

送信者

坐在他人窗下，憂愁想家
從遠方來的送信者
終於疲倦的睡著了。像他懷裡的信。
室內的燈火照在他多愁的臉上，露宿
異地的肢體，或者更像一紙沒有
信封保護的家書。而這樣

感覺寒意與燈火
在夢中，他夢見
涉河的暗夜，他焦慮的遺失了
所有的信⋯

睡在他人窗下，憂愁想家
或許他夢見的是：
一隻青色的鳥，天空小徑
銜著用絲帶繫住的信件飛越
前方半山⋯

事件

最鮮豔的一朵野菊正顫慄接受那工蜂在午後山上當牧羊童的聲嘶吶喊越過亂草、敗葉　一條驚怖萬分的小徑急急的向山下跑去　狼

狼——

來——

了——

狼——

來——

了——

⋯

若有若無的低鳴
繫在樹下的羣羊後蹄不住的踢翻著黃土。
低鳴。
午後。
三月。
野菊花。
血噴湧了出來

寂寂
透過葉隙
陽光
一灘
猶溫的
殷紅

蟑螂的速度

伊告訴我地板上有一隻蟑螂時我笑了笑：比一隻還多吧！「為什麼不打死它？」「它會咬你的書呢」我竟真的屈下身子拿起一張白紙開始在書堆間尋找。第一次沒撲中，伊噗哧的笑聲裡我有點惱了起來。下手太慢太輕了，恁麼竟婦人之仁了起來。移開書，等它露出觸鬚，狠狠的猛拍上去，不中，再，不中，再，又不中，伊清脆的笑聲回響著，在蟑螂的盲目奔竄中，我讀出了一種相對於我的右手的，蟑螂的速度。

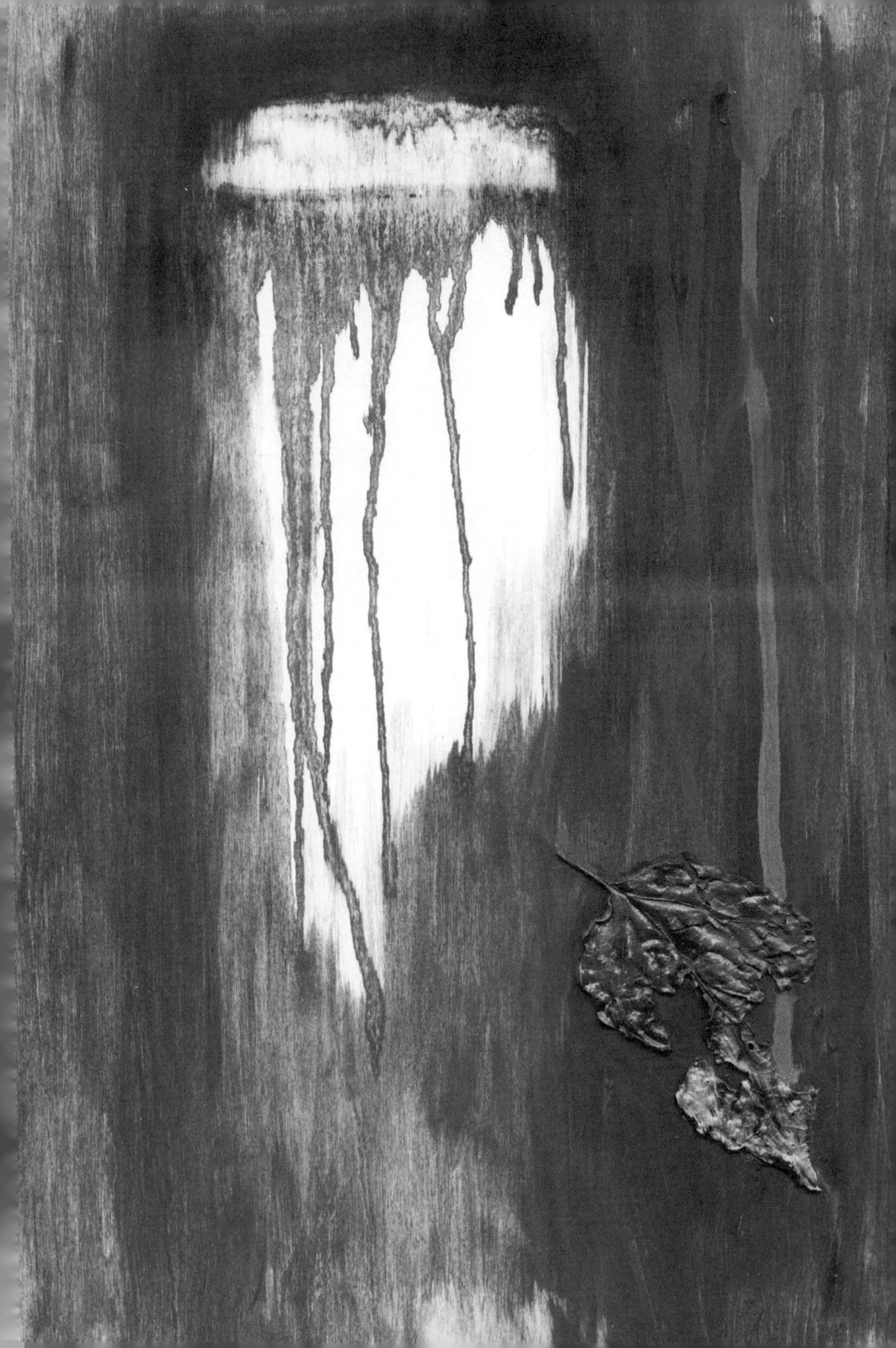

今天早晨在花間

她緊緊的握住自己，抗拒著我
懼怕傷害的眼神像一名懼怕愛
懼怕春天的女子，楚楚可憐。
似乎在說（低低的哀憐的懇求）
「請愛我保護我
否則離開我……

遲疑了幾秒，我摘下今天早晨
最鮮豔的一朵薔薇
她在我的手上，凋落，死去
一如一個愛，
一個脆弱的春天⋯

荷花是水神的禁臠

荷花是水神的禁臠
姿色平庸的女子低頭走過，想曾是
我們前生的愛人（我們美好的意願籠罩了她們！）
我們的前生想曾是
一事無成的紈袴

荷花是水神的禁臠
低頭走過的姿色平庸女子從來，唉
從來未被愛過（我們會愛她們雖然不是為了愛情）
我們，我們一直衹是
輕浮的風
窺伺在荷池外圍

車行僻野山區

站在雨後樹梢的
純白純白的鷺鷥：
被放逐的叛軍頭子圍在野地秘商
指向工廠、城市的，我的一首詩的叛變

戰後所見

立在
風中的
一棵斷臂的樹
掛了很多無言
受傷的
眼

C.

儀式之餘

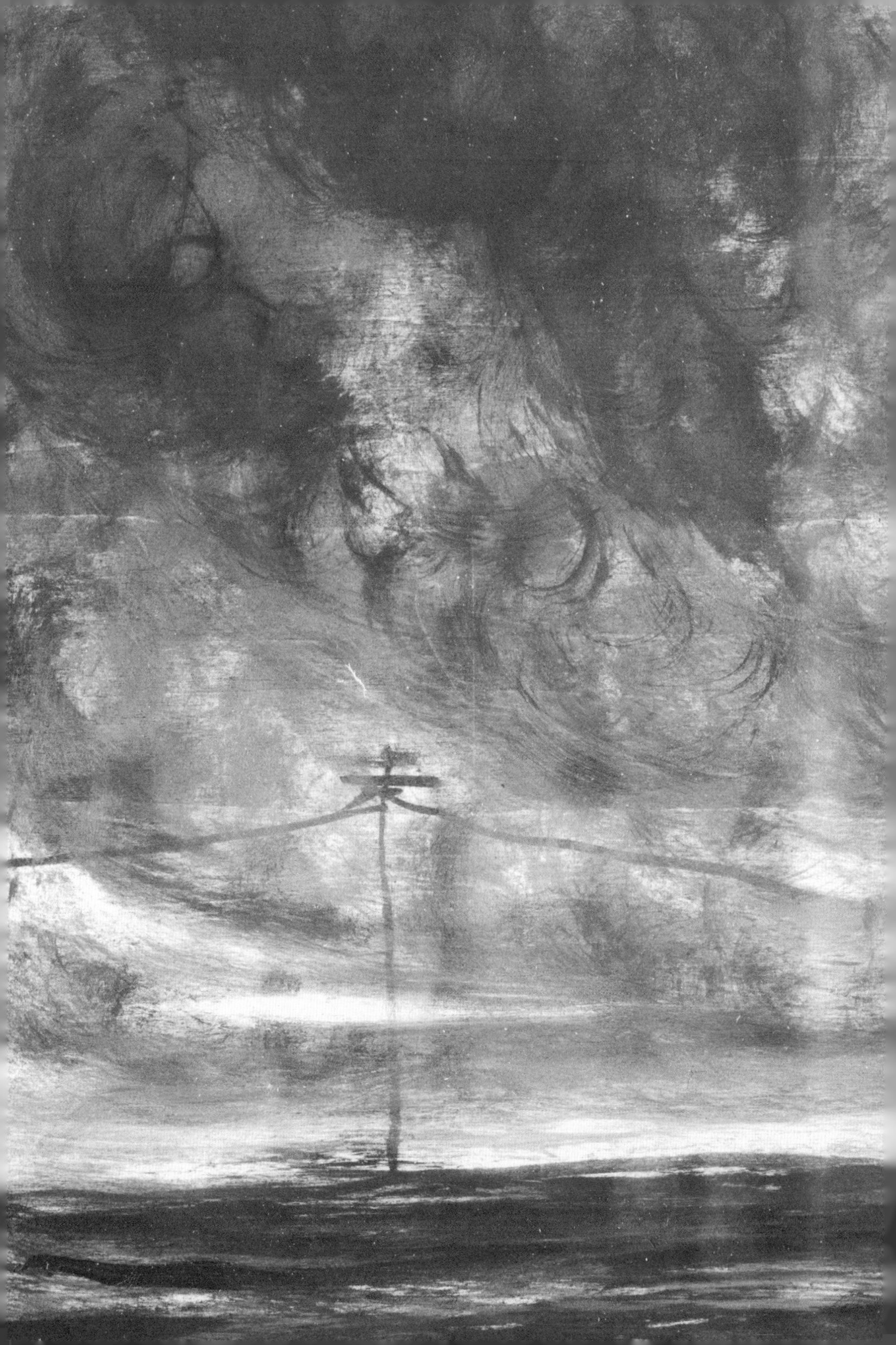

閣樓上的情歌

閣樓上
我冷冷堆疊起來的自抑
已堆疊成一座——與那些經年冊籍等高的
小小的浮屠九層
我小小的慾望
小小的美德

小小的情怯
及小小的鼠類便同居其中

閣樓上
四壁總默默的
面壁著對方：
我高坐其間
在一盞冷燭的羣書中埋藏自己。
時日曠持，每當
我廢然舉額——小小的
鼠類便狂肆成羣的奔竄過
我耳中寂寞的甬道
我的幻覺彷彿親見：

啊，那些掙扎的鼠屍
在那修練不成的三味真火中⋯⋯

閣樓上
當我舉眼欲曙的今晨
壁上竟款款走了下來
一名如花似玉的美女：
我笑了笑，延請伊一旁
為我焚香、濡墨
便獨自坐抄起佛書來

一九七四・十二

煙

請讀我——請努力讀我
我是沒有手紋的一隻掌
我是沒有五官的一張臉
我是沒有刻度沒有針臂的一座鐘
讀讀我——請努力努力讀我
我是沒有銘辭沒有年月的一方

一方倒下的碑

請讀我——請努力讀我
非掌非臉非鐘非碑的
我是縮影八〇〇億倍的一個
小寫的瘦瘦的 i
請讀我——請努力努力讀我
我是生命，我是愛，我是不滅的
靈魂，焚屍爐中熊熊升起的一片
一片獨語的煙

一九七五・十二

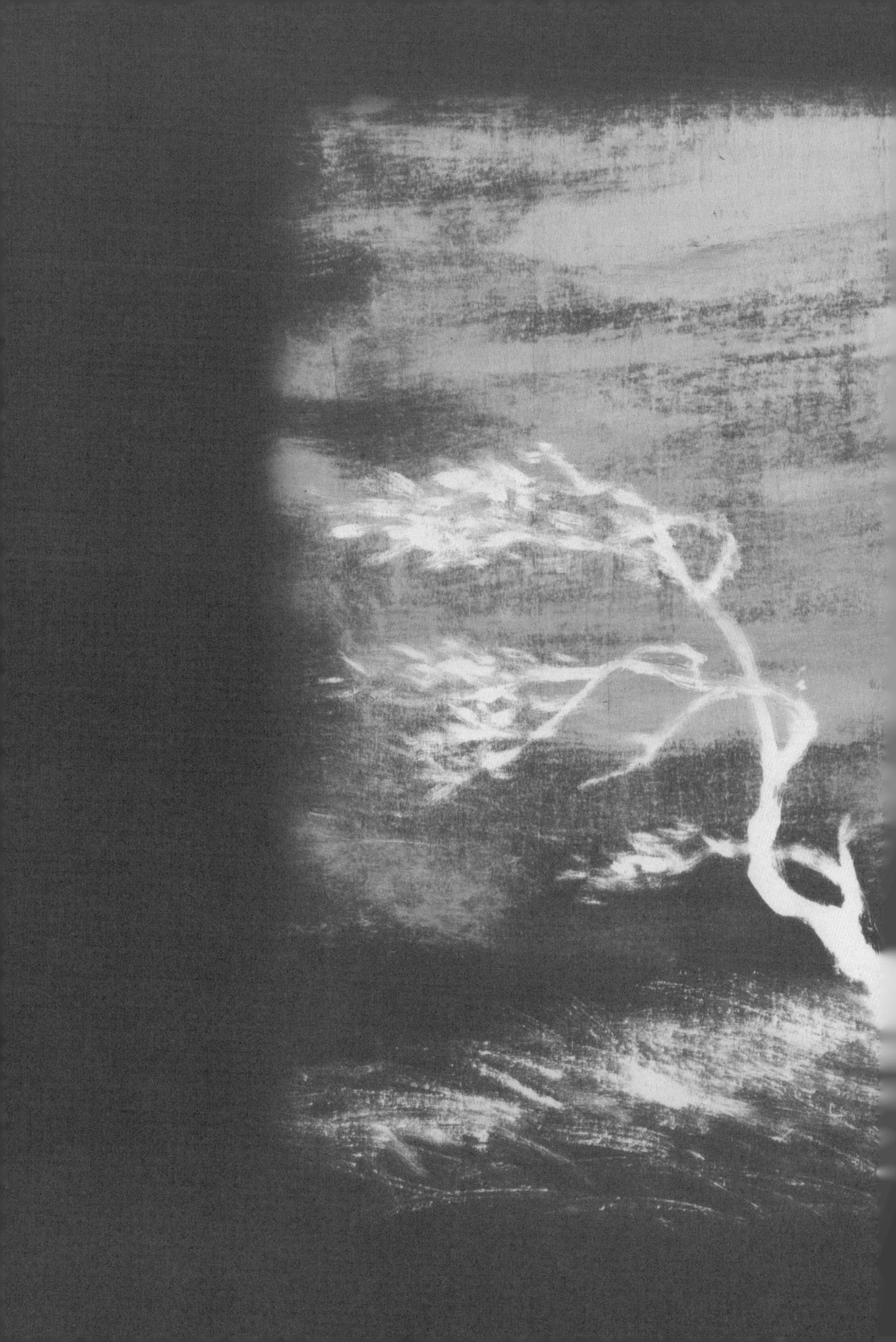

獨臂人之歌

那戰後的冬日曾以血見證：
以左手刑斫用槍的右手後
我落地了的右手如何——反過來刑斫
一隻寫詩的左手；
我瘦長孤獨的左手又如何——如何自斫一隻
一隻瘦長孤獨的

蘸黑色的血寫詩的左手⋯⋯

無言的空白將以
零落的雁行見證
零落的雁行將以
遠方見證
而遠方，將被一隻瘦長
孤獨的左手翻過來
成為我戰後詩集的
最後一頁
寫著一頁黑色的無言

秋之電話亭

異鄉。我夢見：
四十個長夏在電話亭外
一葉，一葉的
凋落。

把一枚舊銹的自己投了進去

秘密撥號　電話
昔日的師友
昔日的母親
昔日的妻　秘密電話
線那端　死去的一座城
黃昏走電　星羣爆炸
火熊熊中　一張張映著⋯
我的良知的臉
我的悔恨的臉⋯

一九七四・十二

九月

九月的天空。
天空下站著的我
縱右手一攫，便把整面蒼茫蒼茫下來的暮色
一隻落單了的雁狠狠攫住
充滿愛憐的釘死在
尺長的畫幅，一片蘆花

顛倒的淒白裡⋯⋯

便狠狠的又抓出左掌

便抓緊了一股涼颼颼，滿含敵意的

九月的晚風

一九七四・一

亞當之歌

那麼——
就到蘋果樹下來找我吧
懶懶的我正斜躺著我的午後
透紅的纍纍的果實釀出陽光，這樣
這樣濃烈的一種酒
我就睡在一席薄薄

透明的清醒上
——至於那條蛇
那條蠢蠢的蛇
正蠢蠢的吞食著土
喏，至於伊
伊溫柔的就在
我溫柔的左下肋骨中
至於我，呵呵
我當然沒有罪

一九七四・十一

儀式

取出張剛洗好的兩吋畢業照拿紅筆在上面適中的畫了個十，抓
起一枚圖釘我猛釘住十字中心就猛釘住整張慘綠兮兮的臉在書
桌前的白牆上

七月聯考前，我如此解放了我自己

水月

子夜，當我捧起妻的臉，像捧起遠方的一枚水月，我聽到了：風雪凌遲的聲音；我的手顫抖著，我看到了——戰爭的年代，惶惶撤退的人羣大路上，已入中年的妻的臉飽嘗艱辛，瘦削許多的臉龐，露宿著太多無依的惶恐（太多無依的惶恐啊緊緊握著一個瞪視著周遭的男童，緊緊抱著一個止不住抽泣的女嬰）而我在遠方的戰壕，數著星星，或許竟已戰死多年…

放下抖顫的手，我急急告訴了伊這一切，伊卻祇是微笑的把臉溫柔的貼了過來……像一枚水月……

一九七五・十二

眷村

中華民國六十五年七月十二日，天氣晴。
今天早上巷口的李臺生特別地跑過來告訴我
剛搬來的王媽媽、王伯伯他們家是四川人
有飛機模型的周大哥我知道他們家也是
隔壁的高伯伯常拿江西話罵人
（老師說大家都應當說國語）

常來家玩的朱阿姨，朱叔叔會不會用山東話吵架？
媽媽是湖南人，奶奶是上海人
我和弟弟、爸爸都是河北人
老師說有一天大家都要反攻大陸去⋯

D.

瑪麗安・瑪麗安

家族篇第一

讀說文到八十曰耋句驀然想起父親六八高齡的我慚惶奔出圖書館時竟已黃昏了的天逐漸暮下來夜下來等我跑上新生大樓屋頂望出去祇剩崦嵫在西低低的一抹霞影殷紅：

陟彼岵兮，瞻望父兮

多少年過去而這竟一直是他老人家衰眊的雙眼裡暗藏的一片晚景！

家族篇第二

那時，在巷子拐角，我牽住小慧的右手感覺一種嚴重的不安，當母親一個人遠遠走來。正要舉起左手的，我的微笑隨後僵住，母親的容顏突然顯出我陌生的蒼老，且不斷飄浮過來。「媽」我囁嚅著，感覺困難的張開嘴。

記得母親，笑了笑，告訴我說要去買些東西，然後就走了。

剩下我，繼續站在那裡想著，像一株風中的樹。

家族篇第三

夢見父親，母親和我是鐘錶店裡高掛在一塊卻指著不同時辰的三座鐘。父親已然抵達下午六點的位置，母親則早走過了四時三刻，而我剛跨過正午，在後面急急，苦苦的追趕著。

浪子回家篇

除夕夜的臺北車站：千張喧騰著言語表情的臉當中我的孤獨彷彿我的家在一個遙遠而不存在的地點，彷彿我的家在收集了很多陌生眼光的我的瞳孔深處。我不可能跟大家一樣要搭車回家，我一定是要到另外一個地方去⋯

我一定是要到另外一個地方去。

光年之外

夜裡的每顆星子都是一面窗
我憑著敞開的窗子遙指過去
「而那裡，吾愛
那裡便是沒有愛的，死去已久的地球。」

致 c.l.

然則你會是那種適於在劇院樓下
持一朵白薔薇靜靜等待的女子，我相信
雖然等待，一點也不適於妳
雖然長久妳是，一名善於遲到的女子
然則妳會是那種適於在劇院樓下

持一朵白薔薇矜笑佇立的女子，我相信
雖然，矜笑佇立一點也不適於妳
雖然長久妳是，一名有著驕傲的唇的女子

然則妳會是，啊，一名含笑走過
著孕婦裝的美麗女子，我相信
雖然可以肯定的，妳不知道
也並不相信

給 h.t.

和我同樣有著——
有著顫慄的瘦白的裸體幽暗燃著
一叢小盞皺菊般的金黃火焰
我憂鬱的兄弟孿生的兄弟
被一千個暗室的夢養大
他的眼，他的眼醒著

一種安祥而哀傷的光

和我同樣有著——
有著一個不快樂的童年
且自稱是，詩的兒子大地的兒子
我孿生的兄弟失散多年的兄弟
在鏡子的那邊流浪
他的眼，他的眼醒著
一種安祥而哀傷的光

在床鏡

在床鏡，向日葵與心形墜子之間
伊的裸體是一個年輕、陌生而美麗的持異論者
彷彿在說；
「我要被愛——
我是唯一的……」

一九七六年的腳註

一九七六年
在歌德的家中
我坐在擺著貝多芬胸像的書桌前寫詩。

愛……光榮……幸福……

給瑪麗安

秋天的時候
瑪麗安：年輕，陌生而美麗的母親
站在一叢盛放的風信子前
遙遠的看見，從晴空那方陸續回來的自己

秋天的時候

瑪麗安走下寂靜的街道回家
手上牽著一輛半舊的單車
大衣口袋塞滿了——
河上游剛摘來的鬱金香

冬天的時候
瑪麗安站在下雪的窗前默默流淚
雪無聲的落在街道的記憶上
落在行人的記憶上
雪落在瑪麗安的窗前

春天的時候
瑪麗安醒得很遲，胸中漲滿了喜悅

她在心裡佈置好了很多美麗的花⋯
一片鵝黃的落地窗簾
祇讓一點點陽光進來

春天的時候
市立醫院一二九室的殘酷夜晚
投水遇救的瑪麗安，一又二分之一的命運⋯

夏天的時候
鎮上不遠的小教堂舉行著婚禮
瑪麗安說
她聽到了，
噢鐘聲

秋天的時候
瑪麗安：年輕，陌生而美麗的母親
站在一叢盛放的風信子前
她輕輕的，有點痛苦的告訴自己
她將擁有啊，她的孩子
未來所擁有的一切⋯

她忽然跑過去
奔過去，迎接從晴空那方
陸續奔回來的自己

一九七六記事

之一

這次我們的悵惘確已成形，瑪麗安
無人的長長的沙灘，天空
窗外，一縷斷煙遠方。
這是一九七六年的初春，瑪麗安
世界還很年輕，我們
我們為什麼枯坐在此？

（你偏頭靠坐房間暗角，長髮垂落，後來我發覺你已疲倦睡去）

時日倦怠，瑪麗安
我們被醞釀著，在沒有標題的一頁。
我黯然離開，到達 K 城
在陌生的眾人中間
意外地聽見你的名字——
倏然心驚，我急急趕回原地找你

瑪麗安，你能否了解我回途上的恐懼——
我的恐懼時光不再，你或已垂垂老去

瑪麗安，你偏頭靠睡房間暗角，長髮兀自垂落這一切，只是我幾分前的臆想。
瑪麗安，我忽然心痛
願意自己是把最親愛你的梳子…

一九七六記事

之二

潮聲偃息了
夜是靜默的一叢幽黑
城市的複眼在不遠處
不祥的發光
我退守這片散置的岩塊間
多麼像一個敗北的戰士

瑪麗安，我緊緊握住自己，提防著：
所有的絕望與愛

當我習慣了在黑暗中呼喚你的名字，瑪麗安
這彷彿就是，我前世離開你的避靜海灘
這彷彿就是，我前世像雲一樣飄動的
歲月，一種太過真實以致飄渺的愛
瑪麗安，這彷彿就是你離開我，留給我的
絕望與愛

潮聲偃息了
夜是靜默的一叢幽黑
我倚靠在岩塊的巨影下

多麼像一名遠方來的孤獨旅人
黎明很遠又很近，瑪麗安
你始終是我懷中的一株
夢裡帶淚的薔薇；
瑪麗安，我能否把你種植成
一片祥和溫馨的
薔薇色黎明，在來世的夢裡⋯

一九七六記事

之三

越過我們靜默的前額，瑪麗安
我們把自己並放安置在夢的
無風水面。琉璃的水紋漫漫
牽動了近海靛藍的波影，帆影
優雅的天空——我們忽而看見
一千隻潔白得沒有任何

寓意的海鳥從昔日
我們眺望的燈塔飛航出去

飛航出去。一切事物
皆從我們肉體混亂的港口出發
一千隻潔白的海鳥，瑪麗安
曾象徵了一千種崇高的目的
而一千種崇高的目的
在碼頭熙攘的人羣裡被證實
啊，源自同一個曖昧的動機。
瑪麗安，關於熙攘的人羣，曖昧的
動機——請以海鳥無可解釋的潔白
解釋，支持我們的看法…

越過我們靜默的前額，瑪麗安
白晝是一個惡夢終將到來。
瑪麗安，你是否聽過十二個王子被施咒
變成十二隻海鳥的故事？
十二個王子由於巫婆的詛咒
祇有在夜裡才能恢復原形，十二個王子
在暴風雪的氣候裡長途飛行
飛越他們故鄉的寒帶
來到我們的溫帶定居。
在白樺樹林的後面
瑪麗安我曾與他們交談
他們溫和沉默，被隔離的

靈魂裡閃爍著
啊，我對全人類感覺陰鬱的愛…

越過我們靜默的前額，瑪麗安
白晝是一個惡夢即將到來。
人羣依舊，混亂依舊…

瑪麗安，在昔日眺望的燈塔
倘若我們再次看見，一千隻
潔白得沒有任何寓意的
海鳥飛航出去
我們將無法指認——
啊那十二隻溫和、沉默
被惡運詛咒的海鳥…

一九七六記事

之四

在心的寂寞地帶產生了
同質的悲苦與愛：
瑪麗安，我幾次想傾吐而未傾吐的是什麼？
「La vie est futile」，你是一個悲觀的人
我也是…

瑪麗安，你猶記得我嗎？
公元一九七六年，像城裡其他的人
我迅速的，唉，輕易的被了解，忘記
曖昧的感覺著一種巨大的、流動的悲哀
流動在街角混亂的人羣裡⋯⋯。
The shadows haunt me，瑪麗安
你能感覺到一個人像陰影一樣緩慢掉落
在陰影裡的速度和聲音嗎？
「在文明初啟的第二天，」瑪麗安，我曾這樣寫著
「因為光與黑暗的傾軋，我迅速的
坐下來發愁⋯⋯」
瑪麗安，你知道嗎？我已不想站在對的一邊
我祇想站在愛的一邊⋯⋯

瑪麗安，你猶記得我嗎？
公元一九七六年，像城裡所有的人
我們曾共同擁有，一枚同質的悲苦的月亮。
或者瑪麗安，我該這樣告訴自己：
「在我的時代，人們愁苦互望
他們的眼裡出現了柵欄的意象，靈魂
在柵欄後不安的窺望著。一隻飛鳥
——一隻遠方來的飛鳥
迅速的發現了他們的被困…」
或者瑪麗安，我們並不孤立，至少
我們擁有彼此…

在心的寂寞地帶產生了
同質的悲苦與愛；
瑪麗安，我一直努力
想確定的是：
像飛鳥一樣，我們不確定
而有希望的未來⋯

青鳥

在時間的演繹裡
瑪麗安，我們多麼像兩名迷途
荒野的孩童，我們讀過的童話
並不能指示遠處：夜黑深林與
發光平原的含意。
我們讀過的童話，瑪麗安

多麼像我們眼中幽微顫抖的兩朵星光
在黑暗的絕壁上摸索，神的旨意
要我們在何處露宿，年幼瘦小的肢體⋯

在時間長長的演繹裡
瑪麗安，我們正在學習辨認
光與黑暗的象徵和寓言
我們正在學習摸黑行走，不再
童年一樣的害怕。
瑪麗安，我們正在等待
成長與智慧，露宿在石南花的荒野。

露宿在石南花的荒野，一隻青鳥

曾引領我們走過無人海岸線，一隻青鳥
在黃昏的前方低飛，引領了我們的走失。
瑪麗安，在大人腐敗的玩具外，海曾如此的
驚嚇了我們，在我們的左手外排空嘯湧
等我們越過晚霞的林叢走到
這片荒野，我們的疲倦與無助
彷彿失去了一千隻青鳥⋯

在時間的演繹裡
瑪麗安，我們讀過的童話
是眼中幽微顫抖的星光
一千隻青鳥紛紛從中逸失⋯
我們正等待，瑪麗安
成長與智慧，露宿在石南花的荒野。

薔薇騎士的插圖

a.

在古堡花園的廢墟，錯失了自己時代的
光與暗影紛紛向我們描繪
那位遠方來的，被時間擊傷
被愛擊傷的薔薇騎士

我們彷彿看見，他靠坐在石像下沉思的憂愁
聽見他，像追問昨夜夢境一樣，苦苦追問
薔薇的來源和永生：
「萬物駐足，靜止
在遙遙不可及處
在我們雙手的
擁抱外。
我已然進入了
用薔薇，盛放的薔薇
凋敗的薔薇建築的歲月
我已然進入了——
啊，深淵一樣廣大的花園中心」

b.

坐在花園中心，死滅永生的
薔薇地帶，瑪麗安，我們祇漠然的翻閱：
一本薄薄的附有插圖的書
（我們的混亂與憂鬱，多麼像
那些錯失自己時代的光與暗影）

騎士就是這樣被畫好的，瑪麗安
憂愁，微笑，而且在手上提著劍
而薔薇，擊傷我們世界的薔薇啊
多麼雷同於
我們心中的一種
宿命的悲傷

給格弟非

a.

親愛的格弟非：我花了長長的一個冬天無所事事
與瑪麗安在一起讀書及作愛。
親愛的格弟非，我們在鏡子上
簽我們的，以及你的，名字

這一切你知道，全為了你

在海潮的起落
在日月的升沉
在年輪向內急速，而暈眩的旋轉旋轉
啊，格弟非
在金黃的花系上
你是花冠、你是花萼、你是花粉
（幾次牆外孩童的稚笑裡，格弟非
啊，我兀然坐起，以為聽到了你）
親愛的格弟非：我們願意再花一個春天等待你。

親愛的格弟非，我們要你
光一樣，從鏡子裡向我們奔來
坐在我們的眼裡歌頌
歌頌你自己

b.

親愛的格弟非　我們願意花一千個春天等待你　擁有你
親愛的格弟非　我們在一千面鏡子上簽我們的
以及你的　名字
這一切啊，你知道全為了我們

c.

發光的河流是什麼，格弟非
燦爛的花色是什麼，格弟非

敗落的城市像什麼，格弟非
陰鬱的街道像什麼，格弟非

坐在金黃金黃的花系上
格弟非，啊，請不要訕笑
敗落的城市像我們像我們
陰鬱的街道像我們像我們

d.

在夜與黎明的邊界
格弟非，我記起了——
我們的名字也一度是格弟非⋯⋯

在夜與黎明的邊界
格弟非，我們一直是你一直是我們
我驕傲的僭用你的名字沒命的奔跑
格弟非，祇要我們越過
那道愛與死的虛線

祇要我們一起追隨太陽
從鏡子裡奔湧而出——
則我們終於擁有了你
則我們也終於擁有了我們自己

漁父・一九七七

漁父・一九七七

之一

撈沙石的機器轟轟作響，沒有
可供尋問的漁父。一雙鞋
一雙疲憊的鞋從武昌街步下漢口街復在
長沙，衡陽一帶徘徊、猶疑

天空是古代的雲夢大澤
在夢與現實間選擇了——
兩千年後繼續流放的命運

撈沙石的機器轟轟作響，沒有
沒有可供尋問的漁父。
河的這一帶靠近出海口
卻祇見幾戶養蚵人家
過去是一荒涼的公路站牌
再過去，再過去則是翻山繞海
連綿而至的高爾夫果嶺
（至於我，我祇是一株比天空低，比蘆葦高

啊，偶而也嚴重自語的落葉木）
撈沙石的機器轟轟作響
在南方的水邊
我祇是岸上一株嚴重自語的落葉木
我甚至，甚至不敢
啊，向不遠處的大海探問

之二

撈沙石的機器轟轟作響

假如他們在沉石間撈起一襲自溺的古代衣冠
假如他們撈起的竟是——詩人啊，你的衣冠
則請讓我重新為你舉行葬禮

月與列星為證，請讓我聚集
南方流域所有的香花無數——
散花的天女請散下請
護送一個被貶被流放的名字榮歸
河流啊，永恆的河流啊
請你們濯他的纓，濯他的足
請你們就此永恆的清

月與列星為證，請讓我們佩玉帶蘭

詩人啊，溯你而上
讓我們回到信美的故土，永恆的家鄉

之三

關於我的夢，詩人啊，我的憂懼是一羣黑色的禿鷹已然用它們腐敗的腥紅的死污染了城市的水源。

之四

昨夜我看見那人眼中的晚雲在異國的檣桅間悲哀的航行，我看見他走下哈德遜河像走下唐人街像走下一條開滿動亂的雛菊苦難的雛菊猶疑的雛菊憔悴的雛菊的籬徑，且默默的向南山打了個招呼。

之五

昨夜我夢見胸前插著菊花的一羣無政府主義者在一間淒涼破敗的山神廟裡集會秘密決議攻取奪回淪陷的南山。

之六

關於我的夢，詩人啊，我的憂懼是他們將腐化城鎮和鄉村打仗；他們將用單一的經濟學觀點來解釋你的詩。

之七

涇渭合流，詩人，在虛偽的白色中間為了顯示我的忠誠我是否必須啊反叛流血？

之八

撈沙石的機器繼續轟轟作響。
我甚至——啊，甚至不敢向不遠處的大海探問
相對於大海，千古的良苦詩心是否祇意味著
一種無效的抗辯

之九

任偽幣在富人的田裡繁榮生長

任孤獨在政客的病榻上孤獨死去
火在火中憤怒燃燒著
愛者如何能在愛中靜逝
流放者在流放中找到意義？

相對於大海——啊詩人
我們如何重新向漁父肯定河流的意義？

之十

在南方，多河流的南方

濯纓或者濯足，漁父啊
都是一種高蹈
飲水，灌溉，漁釣舟楫
水的功能世代是
愛的功能

在南方，多河流的南方
濯纓或者濯足，漁父啊
都是一種高蹈
水的方向雖然不一定是
歷史的方向
水的真理向來是人民的真理
水的真理永恆一如

南山的真理

在南方，多河流的南方
每一條河流都流經
詩人啊，你的胸膛
孩子在河裡戲水，感覺著
你懷裡的冰冷與溫暖

之十一

五月的河流啊

假如菖蒲已忘記
請記得。

五月的河流啊
假如我忘記了
請繼續，繼續傳述我的話……

之十二

撈沙石的機器在沙洲上轟轟作響
河的下游或者是並不怎麼遙遠的古代……

馬在河畔飲水，壯士樹下撫劍
一些女子在市井邊搗衣，在水湄
浣春天的紗，浣夏天的紗
浣春天夏天秋天冬天的紗。

而兩千年後，我仍然在此——
觀望，猶疑；
啊，一株無言的落葉木

／美文華服，耽樂頹廢的末世詩人」，現在看來有些不著邊際的幻想與氣質，卻顯示了因為青春才可能的浪擲。青春之人渴望「歷經變遷」，衰老即風塵，似乎更具魅力，且率爾將詩與死／美縫在一起，美必有衰亡，而衰亡襯托出美的稀有，二者正如風月寶鑑正反面；曹雪芹早就藉由賈瑞縱慾死去的情節開示讀者，瞥見死亡之恐怖，不見得就醒悟生無須戀，反而會讓那份癡執黏附得更緊，因此耽樂頹廢。詩句沉溺裡，有躁動，也有陰翳，那陰翳就是歷史天使瞥向無窮廢墟的眼神。

雨後樹梢上圍聚著的鷺鷥們本是田園詩的常客，這裡卻成了叛軍頭子們的會晤。除了承擔愛的教育，詩也具備叛變的潛能。楊牧曾費力詮釋「一首詩的完成」，楊澤卻想問，一首詩如何叛變它自己的年代？於是，〈在臺北〉指出「在臺北，在八億國人的重圍裡」這現實的虛構，〈拜月〉說「我們的年代純屬虛構」，連「我們的愛情」也是「無上的虛構」，我們也許分不清是薔薇還是「一朵朵薔薇的幻影在空氣中燃著」（〈薔薇學派的誕生〉）。

末了，還想再說說《新詩十九首》中十分凸顯的浪蕩子情懷，更早之前，或已顯露蹤跡。讀〈拜月〉，「雖然我沒有一個戀人，不曾愛過／我對月的渴慕，我對生命，啊，卻有些激烈的／不負責任的華而不實的想法／——我對死亡的恐懼與暝想，彷彿／彷彿我曾擁有過一個死去的戀人——一個／死去的愛太過完美以致真實／彷彿，啊，我是一個歷經變遷，歷經死

因為將手擱在胸脯上了的緣故；我夢中還用盡平生之力，要將這十分沉重的手移開」，更讓人想起商禽〈鴿子〉：「你這工作過而仍要工作的，殺戮過終也要被殺戮的，無辜的手，現在，你是多麼像一隻受傷了的雀鳥，而在暈眩的天空中，有一群鴿子飛過：是成單的還是成雙的呢？」魯迅散文詩裡的手將自我壓入夢魘，商禽散文詩裡的手像威權底下的兵，這「黑色的無言」，是面對黑夜，仍要睜了眼看。

而《薔薇學派的誕生》出版於尋找自我、不滿現實的七十年代，不免也出現革命狂想，如〈車行僻野山區〉所見：

站在雨後樹梢的
純白純白的鷺鷥：
被放逐的叛軍頭子圍在野地秘商
指向工廠的、城市的，我的一首詩的叛變

的命題。然而，不僅批判圍觀者何等麻木，重點在「我們同是」，對於他人危敗處境的更深層理解，亦呼應了〈致 w.k.l.〉與〈手記之二〉。還有〈獨臂人之歌〉，它具備一種迴旋的結構：左手刑斫了用槍的右手，落地了的右手反過來刑斫了寫詩的左手，再來則是是瘦長孤獨的左手自斫了的寫詩的左手；而當遠方無言的空白與零落雁行彼此見證，遠方——

> 將被一隻瘦長
> 孤獨的左手翻過來
> 成為我戰後詩集的
> 最後一頁
> 寫著一頁黑色的無言

沉重的手，受傷的手，變形的手，讓人想起魯迅〈頹敗線的顫動〉結尾「我夢魘了，自己卻知道是理由為何，此樁「無意義的苦難」的意義正在於「你」也可能是「我」，故「我」並非單單旁觀；或〈手記之二〉裡寫「昨夜夢見被黑鷹追殺／在滿佈敵意的街道上狂奔／我開槍打死了一個人／啊，無意打死了一個人」，即使「我」分明是「有一顆善良的心」，極端恐懼下，被追殺者與追殺者可能將殊途同歸。如果詩不僅僅「預言苦難的陰影」，還要「站在愛的那一邊」，正需要這一層認識。

楊澤曾以「恨世者」來詮釋魯迅，魯迅以恨為愛，在恨尚未被傾盡之前，還不能輕易談到愛。楊澤顯然溫柔得多，空中花園裡有瑪麗安擔任警幻仙子。不過，在〈斷片〉這樣的作品裡，還是可以瞥見：

啊，請不要圍觀他人的死吧！冷漠的羣眾請莫要議論紛紛，因為我們同是一樹枯枝上的顫危危的敗葉

犧牲者與看客，自覺者與庸眾，皆為縱貫魯迅文學

槽」和「木馬」般重複旋轉，傷害與時間一點一點滲入，漸次磨損，可是磨損裡也有它的價值；前者壯烈，後者悲涼。雖然悲涼，只要「瑪麗安」不滅，「空中花園」恆存，那就能蓄養著舊精魂。

然後，詩人問:「我的詩」是什麼？有何作用？「如何將無意義的苦難轉化為有意義的犧牲」，這並非天真的自信，也非知識分子盲目為內疚感牽引；不管之後能煥發何等意義，苦難都不應該發生，假使發生了，文學去書寫不是為了攫取苦難來作為書寫者的良知標章，而是為了銘刻那震動與不忍，喚起同情與思索，幾乎像是一種愛的教育——「愛」被過度使用而俗濫，可是詩人仍全心信賴。

與〈致 w.k.l.〉（w.k.l. 即溫健騮）並置來讀，「由於是雨雪方停的異國清晨／所以我並不知道死亡就埋伏在下一條街的暗角／將你撲殺成午夜最寒的那一陣風／所以我不知道你的名字／即使那極可能是我的…」，異國清晨寒冷街角的死亡，無論是什麼事件，既然是倒讀回去的，從中年楊澤到青年楊澤，從不值得活到誕生，班傑明的奇幻旅程，《薔薇》透露的青春志願就更為鮮明。我以為〈在畢加島〉可為全集之鎮魂詩：

瑪麗安，在旋轉旋轉的童年木馬
在旋轉旋轉的唱槽上，我的詩
我的詩如何將無意義的苦難轉化為有意義的犧牲？
我的詩是否祇能預言苦難的陰影
並且說，愛…

「瑪麗安」，年輕的小母親，執著而憂愁，綠地盡頭垂著頭的雕像；「唱槽」是年輪，漩渦，時間的儀軌，可聯繫至楊澤詩作裡一再出現的唱片意象與歌手清單；「木馬」則永遠懷舊，童年式的昂揚，油彩注定剝落，可是那歡樂常在心中。比起以河流比喻生命，一去不返，顯然楊澤更同意的是，「唱

名瘦瘦立在架上（縮影八百億倍的一個小寫的瘦瘦的i）；接著找到了洪範專區，《薔薇學派的誕生》正常販售，尚未成為絕版逸品，學詩小子如我，於詩句一知半解外，是挺羨慕「楊牧寫序，羅智成插畫」這等黃金組合；至於較《薔薇》稍晚的《彷彿在君父的城邦》，那是又好幾年後，一位朋友預備拿別人的複印本去複印，順口來問，我也搭上一份，到手時發現影印行自行打字製作的封面「彷彿」變成了「彿彷」，直接坐擁一部倒錯的（偽）「珍」本。

今日詩迷們頗能引用一二的，一半來自《薔薇學派的誕生》，一半來自《人生不值得活的》，前者似更浪漫，風格也紛紜，後者似更踟躕，憊懶，風格其實也未必統一。現實是七八個話匣子同時開唱，何況詩集。主題與風格太整全明確的詩集，除了方便怠惰的評論家，我不以為對讀者全是好事。我們總願意看到心愛的詩人能持常，又能新變，新變處有些顛躓也無所謂，總之你知道他還在活動著，而非安於標本。

木馬・唱盤・瑪麗安

／楊佳嫻

四十年後，薔薇學派誕生了又一次。經典大碟重發，像班雅明筆下的歷史天使，背對著名之為進步的風暴——究竟薔薇仍會被推捲到風暴深處，亦或就此浮盪到遠涯——木心寫過的，童年時代好不容易找回又瞬間脫手遺失的，那只青瓷小盌。

我讀楊澤是倒帶式的，曲折的。九十年代後半葉，剛剛離家生活的死大學生，不上課但是專上圖書館與書店，栽進書沼的文學良民，老師也不能說我是壞學生罷（雖然戀愛到昏天黑地以致忘了赴考試）。偪促於校園一角，與理髮部毗鄰擁擠的政大書城，背向門口左邊第一櫃，黑背《人生不值得活的》厭世氣息書

綠騎士筆記本